U0164645

尋找
活潑女孩的大海冒險
失落的樂園
原創漫畫☆
郭莉蓁

推薦序

抉擇與犧牲下的愛

桃園縣大崗國小校長
萬榮輝

「品格決定未來」，我們都知道品格的重要性，也知道目前的品格教育尚有許多待努力之處。可是，品格如何教？說多了，怕陷於說教；說少了，又恐流於形式，難有實質之效。其實，最憂煩的是「心有餘而力不足」，不知要如何教的窘況？

長久以來，「漫畫」始終深受孩子們的喜愛。如果能將相關的品格議題融入日常生活的閱讀裡，不僅可以讓兒童從靜態的圖像中細細品嘗閱讀的樂趣，更可以營造出閱讀品格的氣氛、瞭解圖像所要傳達的品格內涵。

欣見出版社出版《尋找失落的樂園》一書，以海洋爲題，孩子喜歡的漫畫風格爲景，搭配驚奇的故事及風趣的對白，讓小讀者們從閱讀中體驗刺激、冒險的過程，從倫理抉擇的困難中將品格概念傳導給孩子。讓孩子在品味閱讀的氛圍下，進行自主性的閱讀，瞭解漫畫所要傳達愛護環境的重要性。

現在的孩子處於快速的高科技時代，以及五彩眩目的聲光世界中，要其面對傳統大人以教條式的品格學習模式，對他們而言確實是件苦差事，也不易收到成效。本書可以讓孩子在無壓力、充滿樂趣中學習，在潛移默化中建構品格的正確概念，並內化成己身之行爲。尤其在暖化問題越來越嚴重之際，更值得推薦給國內學童來閱讀。

目錄

第1章 與海豚的相遇 7
第2章 發狂的海洋 43
第3章 海神的聖杯 67
第4章 亞當的身世 89
第5章 萊茵的犧牲 111
第6章 美麗的詩歌 137
尾聲 149

人物介紹

萊茵

純真善良的13歲少女，無父無母，與奶奶相依為命，在亞當少爺家做幫傭。

亞當少爺

外表冷酷、不擅表達情感的14歲少年，母親的早逝讓他過度悲傷，從此變成啞巴。

薩爾多公爵

亞當的父親。為了自身利益，恣意污染海洋。

海神阿米達

前任海神，似乎與亞當有某種關係……

阿朵步

出現在海神之殿的人魚海神，向萊因他們提出取回聖杯的請求。

嘿喲……
嘩!!
颯!
今天真的是大豐收呀!
乾杯!
啵
這批蝦蟹價格又可提高不少呢!
是呀——難得老天眷顧我們，呵呵!
乾!

咦？
？
海平面……
不見了！
哇啊！
噗！
這是怎麼回事！

颯！
呼！
哇啊！
噗
哇——

大海緊緊依靠著陸地。

海就像一首詩歌，一位妙齡的少女，

一個熱情澎湃的少年，時而平靜動人，

時而旋轉著波浪般的舞動，

時而波濤洶湧，變化萬千。

只有一部分的人知道，大海占了地球總面積的71%，

海水量高於海平面陸地的14倍。

雖然如此，它仍然熱烈的

簇擁著大地……

第 1 章
與海豚的相遇

《海底奇觀》

馬里亞納海溝

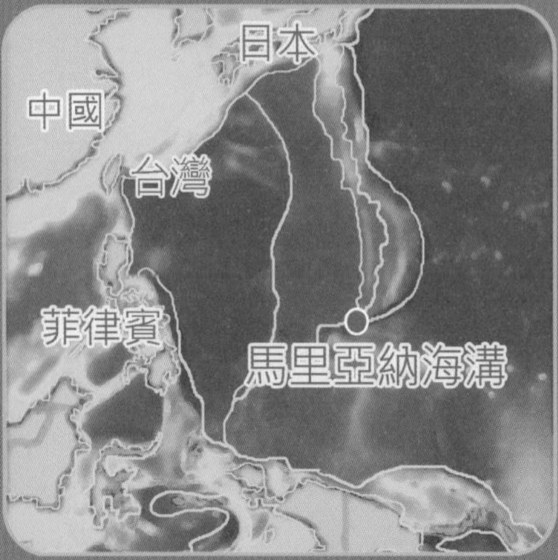

馬里亞納海溝位於北太平洋西方河床，接近關島之馬里亞納群島東方，深11,034公尺，為目前地球上所知的海洋最深處，也是地殼最薄之所在。一九六〇年，美國海軍駕駛深潛艇『特里亞斯號』(Trieste)前往探勘，是人類首次抵達海溝底部的探勘紀錄。

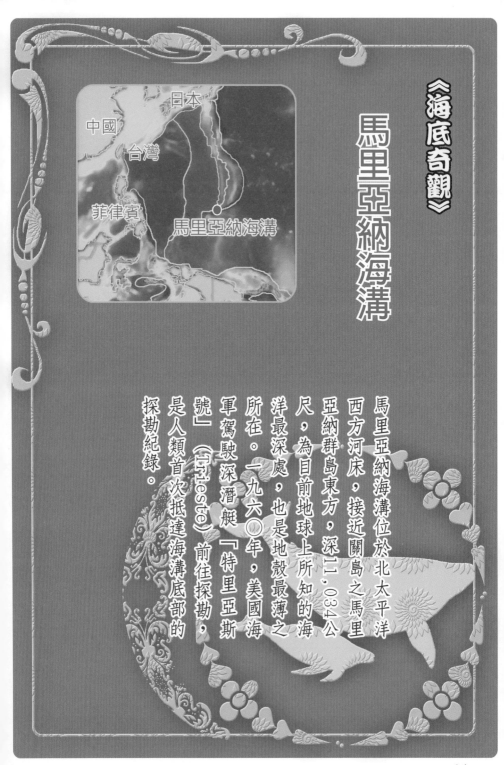

啾！
啾！
麻煩你，
將早餐送去少爺房裡。
啊，好的。馬上去！
為什麼每次都讓她給少爺送早餐呢？
拜託，誰想伺候那位啞巴少爺啊？

亞當少爺早安，早餐時間到了。
亞當少爺……
今天依然精神奕奕……
哇呀！
早餐……好燙！
潑！

噴！原來是巧克力！昨天潑的是哇沙比！
哇呀！早餐散了一地！
哇！跟雞腿排味道好搭啊……
糟了！我吃了少爺的雞腿排！
喵——
嗤~~
謝謝你呀！維多莉亞。
真夠狼狽的……
亞當少爺笑了——
啊！

亞當少爺，你在看什麼書？
哇……是有關海豚的書呀！
……
海豚世界
喔……
亞當少爺的目光好凌厲……
為什麼……這麼難以接近？
哇呀！
這地上是怎麼了？
碰！

嘻——
嘻——
不過剛剛被我看到了……
是海豚的書哩……
萊茵，還站在這裡發呆！
快幫忙收拾呀！
還不快點！
是，對不起！
……

你以後每天下午都要回去照顧奶奶？
是的！
來，這包小羔羊排讓你帶回去吧！
哇！管理長！謝謝
您對我太好了！
管理長！
怎麼突然對她這麼好呀？
你不知道嗎？
這孩子母親早逝，父親又因船難下落不明，
只剩下一個老祖母相依為命，而最近祖母又因中風而半身不遂……
實在是個很苦命的孩子，還能維持開朗活潑的個性真是不容易呢！
奶奶，可以加菜了！

母親早逝？
那不是和亞當少爺一樣？
噓！
唉，都是可憐的孩子！
媽媽……
我絕對不原諒！
絕對！
轟

萊茵，你來得正好，這個送你……
今天的鮮蚵很肥美喔！
快來看——
謝謝你！
哇！好稀少的紅色海菜！
喀啦！
嘿咻……
哇！
今天真是大豐收！

萊茵——
噗噗噗！
皮耶！
這位是魯賓大哥，他可是大學的高材生呢！
你好——
我們打算做暑假時要環島之旅呢！要不要跟我們一起去呀？
呵呵，謝啦，我得要照顧我奶奶呢！
先回家了！
啊，又是奶奶，你心裡就只有奶奶呀？
雖然萊茵無父無母，可是萊茵有大家的關心，覺得很幸福呢！

哇！今天天氣很棒哦——
早安！
好奢侈的早餐，感謝管理長！
哇！
奶奶，早安！
來吃我的特製豪華早餐囉！
呵……我的乖孫女……
奶奶，慢慢吃喔！
好！放心去吧！
我也要去上班了！我會早點回來陪你的……
呼！呼！呼！

奶奶……
別哭，有奶奶在。
別哭喔！
奶奶……
抱抱……
雖然萊茵沒有爸爸、媽媽，但奶奶永遠是你的依靠喔！
奶奶！
嗯——
奶奶……我好懷念你健康的樣子呀！你要快點好起來啊……

這個世界還有許多不幸的人……
亞當少爺……
亞當少爺是誰？
嚇！
嚇我一大跳！而且還突然闖進來！
大驚小怪！
幫你送吃的來了。
反正我們都當鄰居那麼久了！你要去上班了嗎？
皮耶是我一起長大的青梅竹馬，喜歡航海，家境不錯。
開口閉口就是要我當他女朋友！
你什麼時候要當我女朋友？
就不用那麼辛苦去上班啦！

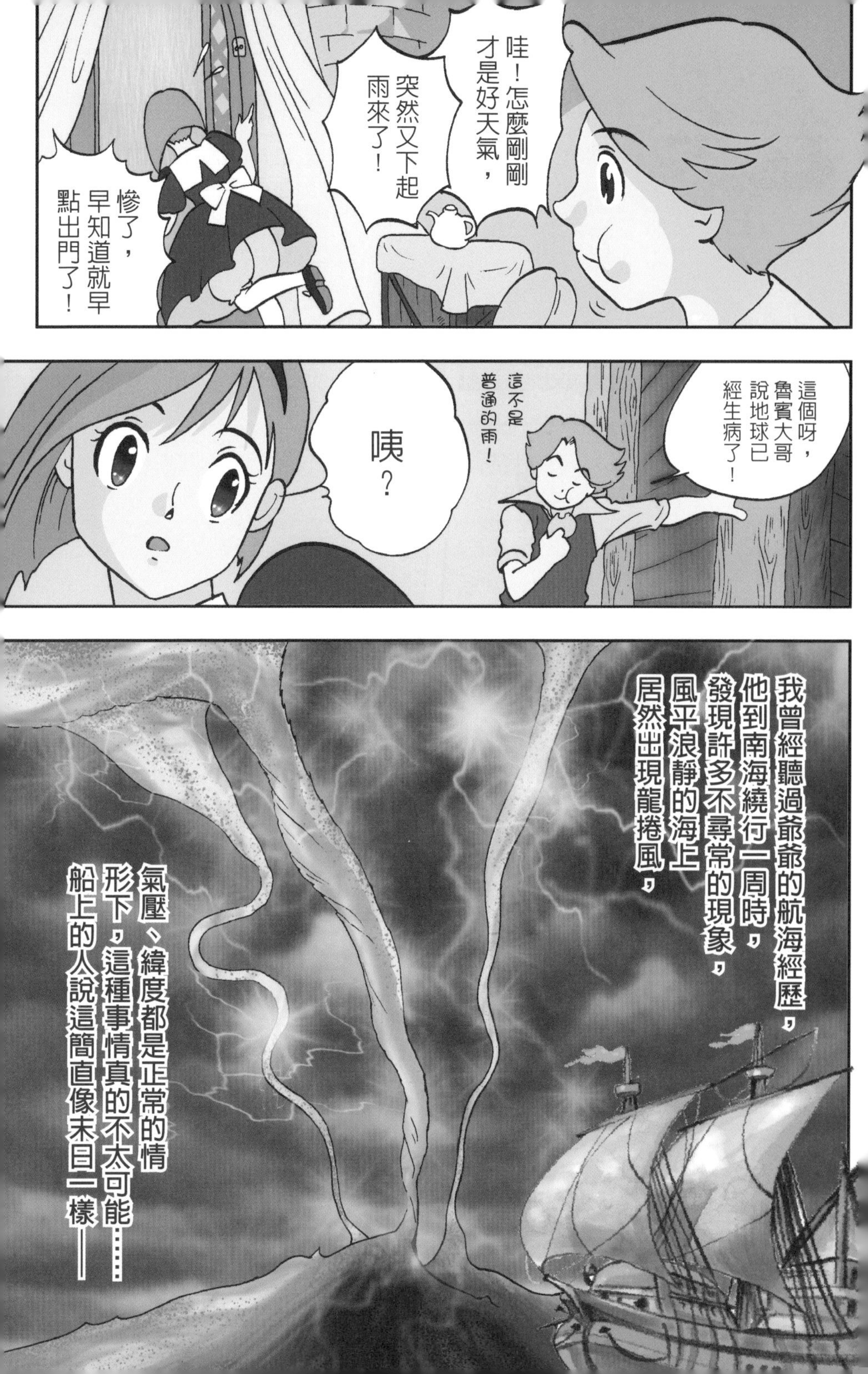
哇！怎麼剛剛才是好天氣，突然又下起雨來了！
慘了，早知道就早點出門了！
這個呀，魯賓大哥說地球已經生病了！
這不是普通的雨！
咦？
我曾經聽過爺爺的航海經歷，他到南海繞行一周時，發現許多不尋常的現象，風平浪靜的海上居然出現龍捲風，
氣壓、緯度都是正常的情形下，這種事情真的不太可能……船上的人說這簡直像末日一樣——

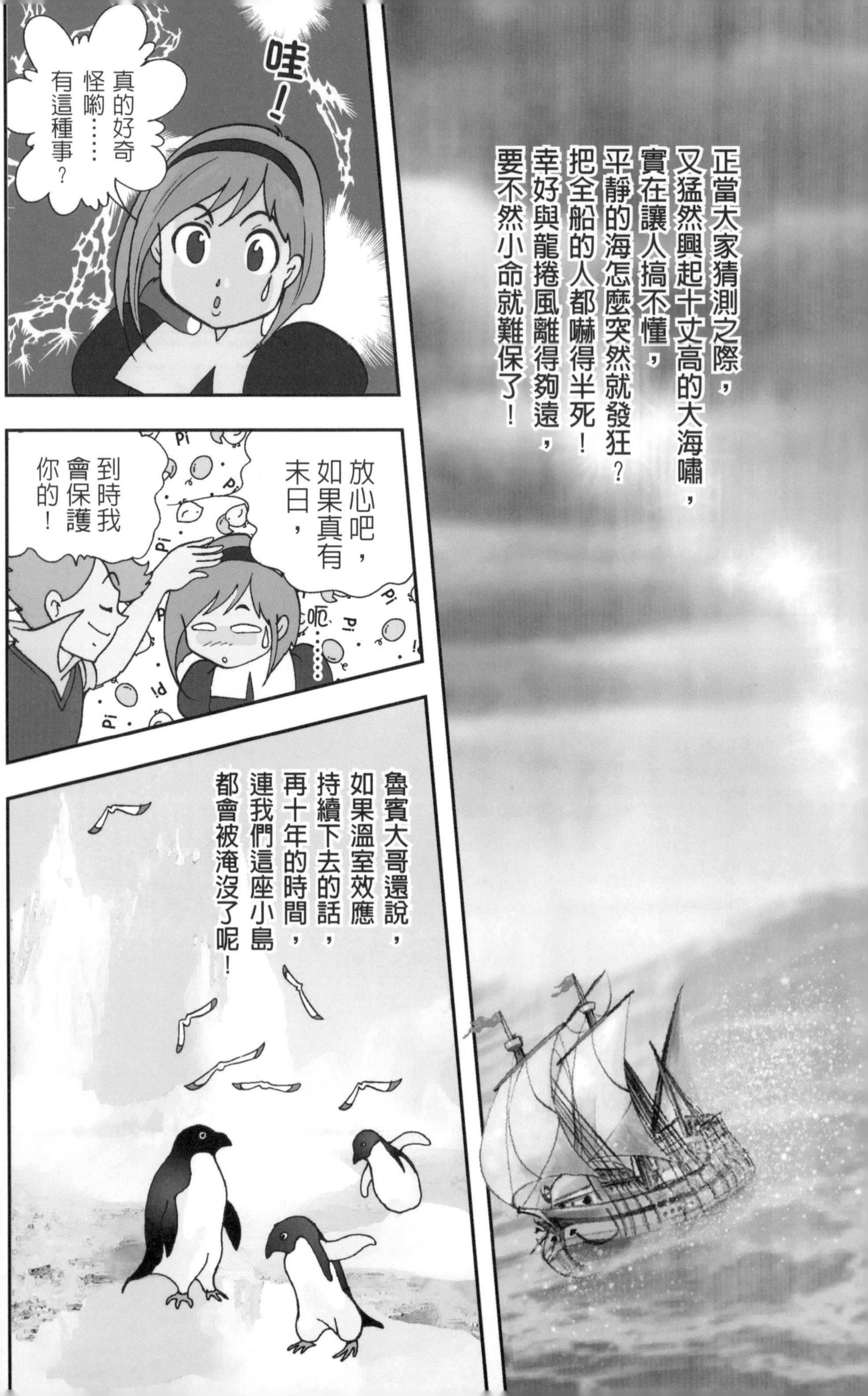
正當大家猜測之際，
又猛然興起十丈高的大海嘯，
實在讓人搞不懂，
平靜的海怎麼突然就發狂？
把全船的人都嚇得半死！
幸好與龍捲風離得夠遠，
要不然小命就難保了！
哇！
真的好奇怪喲……有這種事？
放心吧，如果真有末日，
到時我會保護你的！
呃……
Pi
魯賓大哥還說，如果溫室效應持續下去的話，再十年的時間，連我們這座小島都會被淹沒了呢！

所以我們需要好好愛護地球喔！
這種話真不像我會說出來的……
是呀，現在就有人正在製造廢氣……
多謝你，一路順風！
拜！
啊……忘了問你，
亞當到底是誰呀？
雨停了！
啊！
咦！
那是……
是島主和亞當少爺……
少爺跟那天一樣，眼神好凶……

亞當……
這是你對父親說話的態度嗎？
咦？亞當少爺跟老爺吵架？
真受不了！
剛才少爺又大發脾氣，潑了我一身田螺！
少爺，給您送飯來了！

好悲傷的背影……
亞當少爺——
是什麼原因造成今日的亞當少爺呢？
亞當少爺喜歡看關於海豚的書籍……真是奇怪了，看了那麼多的書，難道對怪脾氣一點用處也沒有嗎？

萊茵！萊茵！
皮耶，這麼晚了，有什麼事嗎？
萊茵，給你看一樣東西，跟我來……
啊，差點踩到海龜了。
吼
在這裡！
哇！是海豚！好可愛哦！
很可愛吧！是今天被發現擱淺在淺灣中，被我爸的工人救起來，我打算明天請教大哥後，去遠放牠——

牠喜歡你喔，萊茵。
嘰……
哇！還會撒嬌，好可愛喔！
因為海豚是非常聰明又伶俐的生物呀。
嚇！
魯賓大哥，你終於來了！
抱歉，我來晚了！因為有點事。
啊，她沒事吧？
僵硬
請問，為什麼海豚會擱淺呢？
事實上，擱淺的原因很多，常常連科學家也查不出原因來，有時候是營養不良、體力無法游回深處，或者各種情況都有。但絕不可能是為了追逐魚群而被退潮潮水捲來的。
咦？為什麼？
你們看看那裡！

薩爾多公爵為了自身利益，不但在海域蓋工廠，還不斷在海底探勘與開發，造成石油、天然氣、泥漿外洩。連工廠的廢水、廢物料也傾倒海中。由於污染的情況太嚴重，近海生態已經嚴重遭到破壞，而海豚與鯨魚擱淺情形也更加日益嚴重！
真的假的？
什麼？薩爾多公爵會做這樣的事？
所以你這個傷……八成又被趕出去了吧？
呵──被你發現了！
剛剛跑到公爵官邸抗議，公爵居然命令下人們用石頭趕我──
真的嗎？薩爾多公爵居然是這麼可惡的人！
這就是證據啦。
這早就不是新聞啦！

想不到公爵的自私行為，居然連累了這麼可愛的海豚……好可憐……
牠們一定很希望回到養育牠們的大海……
無憂無慮的生活著！
咿……
嘰嘰……
咿……
看這個情形應該讓牠離開近海，到遠一點的海域比較好。
但路途較遙遠，我明天又不能蹺課！
唉！
我可以去！
我可以跟皮耶一塊去！請假也要去！
哇——太好了——
很好，皮耶，明天早上我會把路線圖交給你的。
晚安，小可愛——
明天你就可以回家了！
嘰……

要請假兩天，那你奶奶怎麼辦？
管理長請放心，皮耶的家人會幫我照顧的！
萊茵請假？聽說今天下午在北島的蜜潮港要遠放海豚！
蜜潮港？遠放海豚？
放心去吧，有皮耶的家人照顧我。
你也好久沒出去放鬆筋骨了！
萊茵姊你放心，有我在。
那就麻煩你啦！
我來啦！
還帶了三明治……
我們好像在度蜜月呢！
你說什麼？
沒、沒事……出發了！

好開心，第一次坐船到外海去，耶──
連海豚也好開心呢！
我也想好好參觀一下駕駛艙。
亞當少爺！
你怎麼會在這裡？

這是怎麼回事？皮耶！
在你還沒到之前，他就先來啦。
那你就讓他上船了？
他給了我這個好東西呢！還有這張紙條。
請讓我陪同！
沒理由不讓他跟啊。
1000KG
這樣就被收買了？
我難得的假期呀——
哈哈
嘰……
嘰……
亞當少爺好開心，真是少見呢。
也難怪，見到他這麼喜歡的海豚……
一向見他不是憤怒，就是漠然……

一股微涼的海風徐徐吹來，令人無限心醉。
第一次跟海這麼接近——
一種說不出來的心曠神怡……大海真是太美了！
潑
除了跟亞當少爺相處之外……

不知道為什麼浪越來越大了？
天氣令人感到有些透不過氣……
到了指定的地點啦！
小海豚——要道別啦，我會想你的！
好！
噗
沒想到亞當少爺那麼壯碩，我還以為他很柔弱呢……

拜拜！
不要忘了我喲！
終於完成任務了……
咦？
哇呀——那是什麼呀？
什麼？

天啊——
咻
這到底是怎麼回事？
咻
船、船不聽使喚！
這樣會翻船啊！
危險——抓緊啦——
啊——
!!
啊——

第 2 章
發狂的海洋

《海底奇觀》

沉睡千年的海底頭像

二〇〇〇年六月，一支由法國和埃及組成的聯合考古隊，在埃及北部港口城市亞歷山大附近的地中海海底，發現了幾座堙沒於海底的千年古城，其中包括數個沉睡千年的海底頭像。這些古城估計建於公元前六、七世紀，距今二千五百年的法老王時代，它們的名字曾多次出現在希臘悲劇、遊記和神話中，這是首次找到實質證據證明它們的存在。

救命呀！
快逃——
船不打算停嗎？
我喊不出聲音來——
萊茵怎麼辦？
不能丟下她不管！
噗

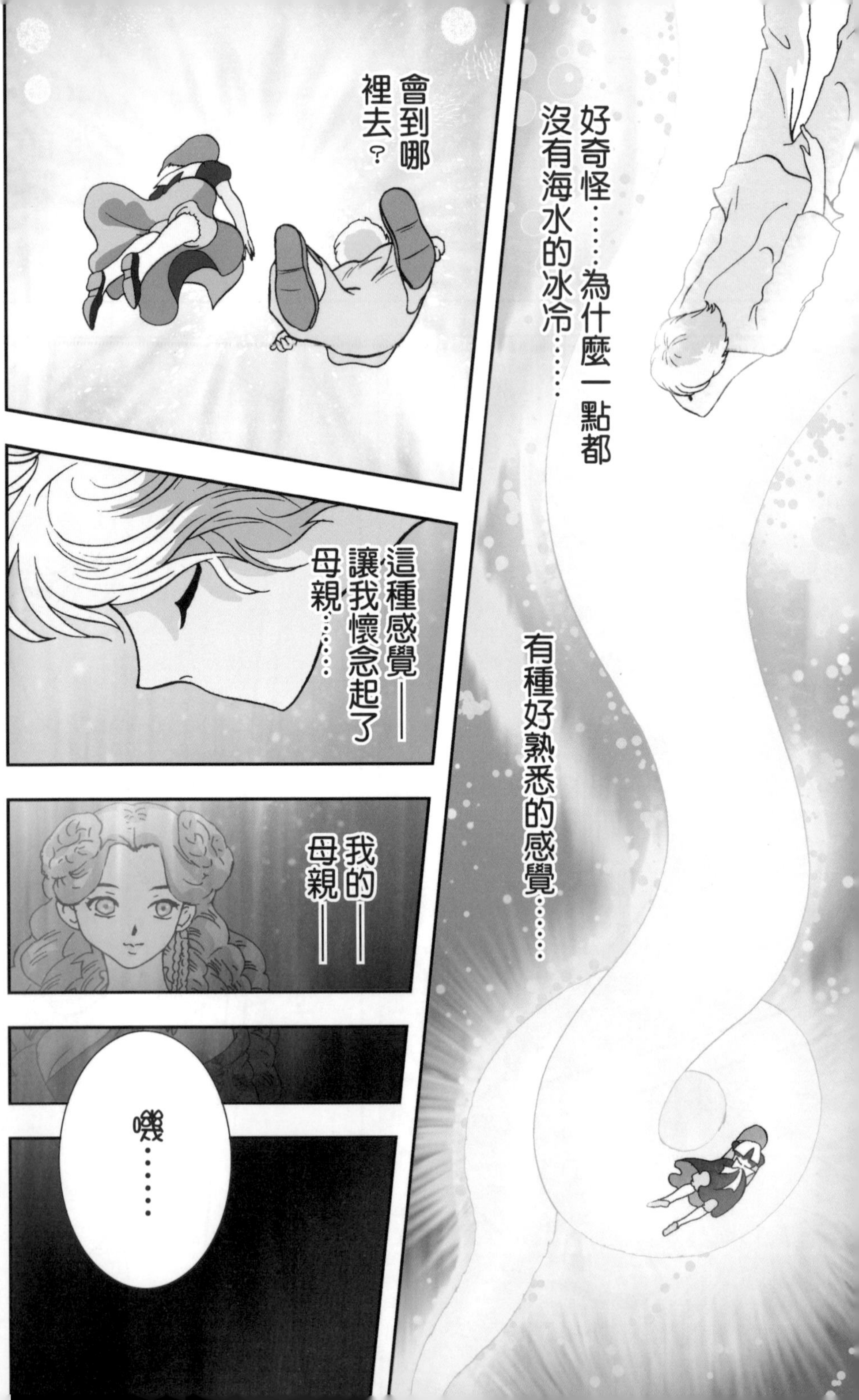
好奇怪……為什麼一點都
沒有海水的冰冷……
有種好熟悉的感覺……
會到哪裡去？
這種感覺——
讓我懷念起了
母親……
我的——
母親——
嘰……

咿——
嘰嘰——
咦？
小海豚？
啊……
亞當少爺，我們得救了！
快醒醒！
嗯……

可是……這裡怎麼會有
這麼多的船骸？
還有各式各樣的船……

這到底是什麼地方？

是一隻提著燈籠的怪魚……
牠好像要我們跟著牠走……
嘰嘰——
患難真是見真情，
雖然我只跟你認識兩天不到，沒想到你這麼講義氣！
咦？
對了，小海豚你什麼時候學會浮在半空中呀？

難不成……
這裡還是海底？
咕
！！
我還能呼吸？我到底是人還是鬼呀？
現在才發現嗎？真是遲鈍……
這隻燈籠魚的速度好快……根本跟不上，跟著牠真的能夠找到出路嗎？
現在我們來到莫名其妙的地方……
這下該如何是好？

唉！本來好好的一場假期，怎麼會變成這樣？
奶奶，我好想你呀……
轟
有光？燈籠魚又回來了？

呀——
媽媽……
亞當，
媽媽好愛你…
原來你還活著，
還好好地活著！
媽媽
媽媽……

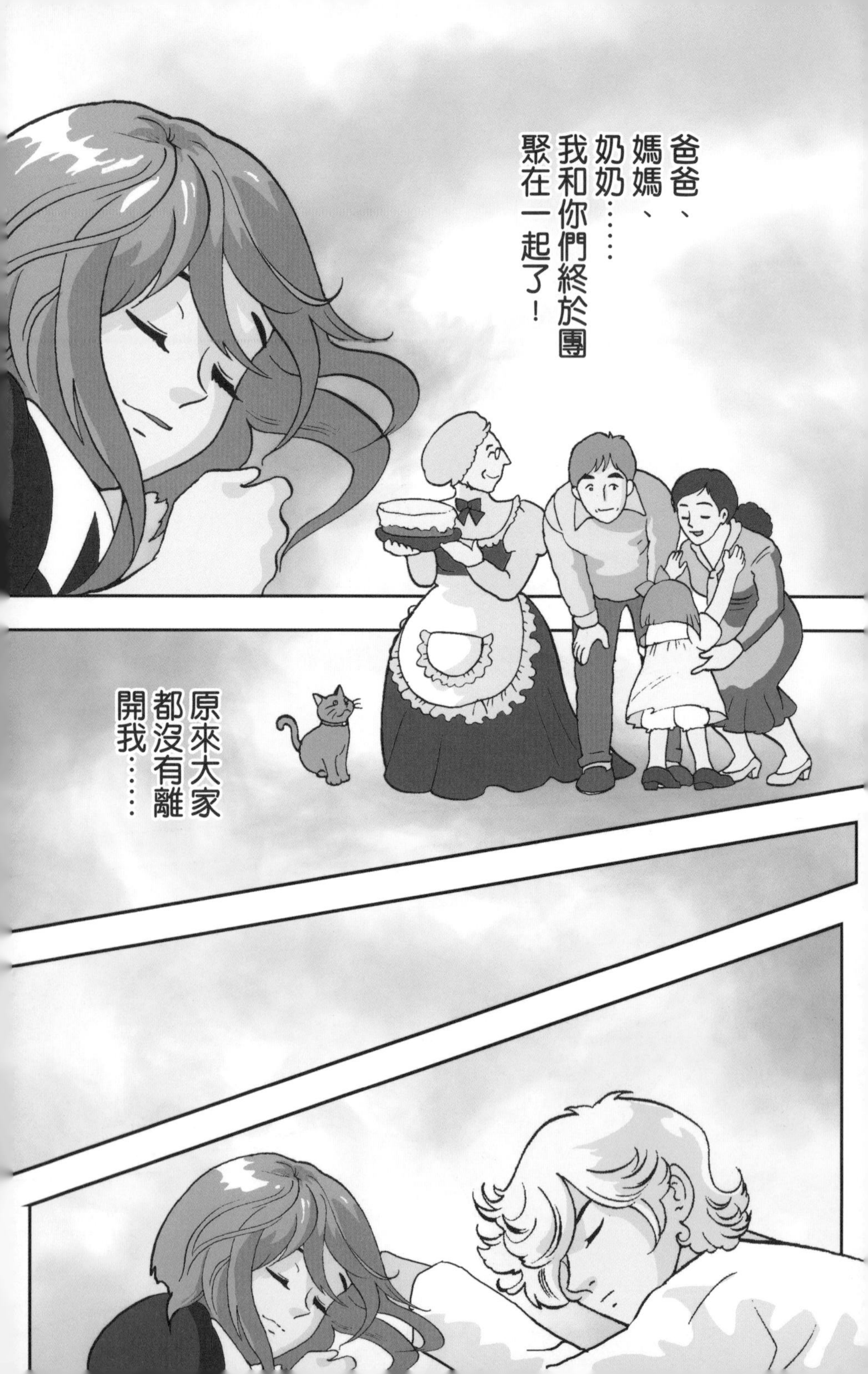
爸爸、媽媽、奶奶……我和你們終於團聚在一起了！
原來大家都沒有離開我……

亞當——
亞當——
不，不要走——
媽媽，不要走——
媽媽，媽媽！
媽媽！

原來剛才是夢……
人魚！
哇——連人魚都出現了！
兩位在海底迷了路，不用擔心。

我是東海海神，
是這裡的主人。
海神……
哇——人魚海神！真是百聞不如一見！
我只不過是一介小小的海神罷了。
我有個請求，能否請二位跟我去一個地方呢？
放心，我不會加害你們的。快跟我們來吧——
……
……

沒有魚翅，卻飄在半空中……這、這些是……鯊魚？

沒有魚翅的鯊魚怎麼都會集中在這裡？魚翅是被誰割掉的？
好殘忍呀！
這些鯊魚都還活著……
這裡是鯊之森……
因為人類的自私行為，讓這些鯊魚自生自滅……
所以暫時將牠們安頓在這裡！
牠們既無法進食，也無法活動。

！！
無法活動？不能行動的奶奶……
其實就像這些鯊魚一樣啊……
從古至今，地球萬物的生命都是從海裡孕育而成，一切都從藻類為起始，才有大地的欣欣向榮……
海洋是大地的母親，地球的生命源頭啊，可是人類卻不斷地取用資源，最後甚至糟蹋海洋……
我可以請求二位，
阻止人類繼續獵殺的行為嗎？

海洋為大地之母，具有強大的能力！
呵呵……我聽到這位公子心裡的話了……
還會讀心術？
？
我知道你無法說話！
既然如此，為什麼海神不親自救這些鯊魚呢？
雖然我貴為東海海神，但海神的聖杯在多年前遭到邪惡海神的掠奪，使我失去了神力；只有聖杯才能夠使我恢復往日的力量……
如果你們能夠幫我拿回聖杯，我就可以利用聖杯的力量解救鯊魚。

啊，請問如果您拿回聖杯，除了可以解救這些鯊魚，
也能……也能解救我的奶奶嗎？
奶奶也是很寶貴的生命，
當然可以！
太好了！你真是大好人！
嗯……
現在正好是潮汐轉換的時候，可以讓你們搭上順風車。
坐上牠，牠會送你們到暗黑北海神殿……
還有這個，把它放在身上，會有用處的。

躍上！
微笑
亞當少爺……
第一次跟少爺靠那麼近……
沒想到脾氣古怪的少爺居然也有……這麼體貼的時候？

啊！是鯨魚母子⋯
大海真的好美呀！

轉眼間，
暗黑北海神殿就在眼前……

第 3 章
海神的聖杯

《海底奇觀》

傘嘴寬口鰻

低於1,000公尺的海洋是全黑的，完全沒有光線，食物十分稀少，所有動物都得仰賴由上層海域落下的少量食物。因此，深海魚類都有著巨大的嘴和富彈性的胃，以發揮少量食物的最大效用。傘嘴寬口鰻就是其中的一種，牠總是張開寬闊的大嘴，蟄伏於海洋最陰暗的深處，以直線游動身軀，將所有經過的食物一一吞下肚裡。

少爺，你看——
那隻魟魚的上面居然有座神殿耶……

哇……往下望去真夠壯觀的！
這就是所謂的深海海溝吧……
……
總覺得……
牠像在繞行什麼似的……
既然來了，就進去見識、見識吧！

這…這就是…
邪惡的北海神殿？裡面不知道有什麼可怕的海神……
剛才東海的海神人很好，不知道北海的海神是個怎麼樣的人？
不過為了奶奶，就算要我跪下來求她也行……
咦…沒有人？
哈囉…
外面看起來那麼小一座，裡面居然挺寬敞的……
有人在嗎？
只有兩個走道…先從這邊看看。
沒有看到海神之前…先找到聖杯再說吧！

這……
聖杯——
就在這裡!?

啊……
聖杯就在眼前……會不會太容易了一點？
萊茵……
別去碰它！
太好了，鯊之森的鯊魚們還有奶奶都有救了！
得趕緊將它交給海神……
轟隆
轟
哇～～怎麼回事？
搖得好厲害！
喀
喀
喀
喀

啊——
轟轟轟
磅
終……終於停下來了！
呼～～

嗖
啊——
哇哈哈哈哈——
海神的聖杯……
終於是我的了！
果然……
事情沒有這麼單純……
海神，你——

請問，你現在就要去解救鯊魚和奶奶了嗎？
恭喜你拿到了聖杯……
磅！
1000 KG
受騙了還幫人數鈔票呀……
解救鯊魚……
和奶奶？
哈哈哈——
海神你答應過的！
我如果不這麼說……
你會上我的當嗎？
!!
你說什麼？
真正的海神早就死了……
我根本就不是什麼東海海神！
今天要不是藉由你的手拿取聖杯，我根本連這座神殿都進不來！

現在藉由聖杯的力量……
我不但已是真正的海神，
還能夠統治整個世界！

等到我將地球的陸上資源吸收殆盡……
就要讓南北極的冰山全數融化！
到時候——
不管是樹上爬的、
地上走的、
天上飛的所有動物……

還有你們這些……
愚蠢的人類——
不管是身分高貴或者低賤、小孩或是老人，統統都將回到大海的懷抱……
回到寬容的大海身邊，呵呵……
你～～
你這個人呀——
你是個大騙子～～～
從來沒這麼生氣過——

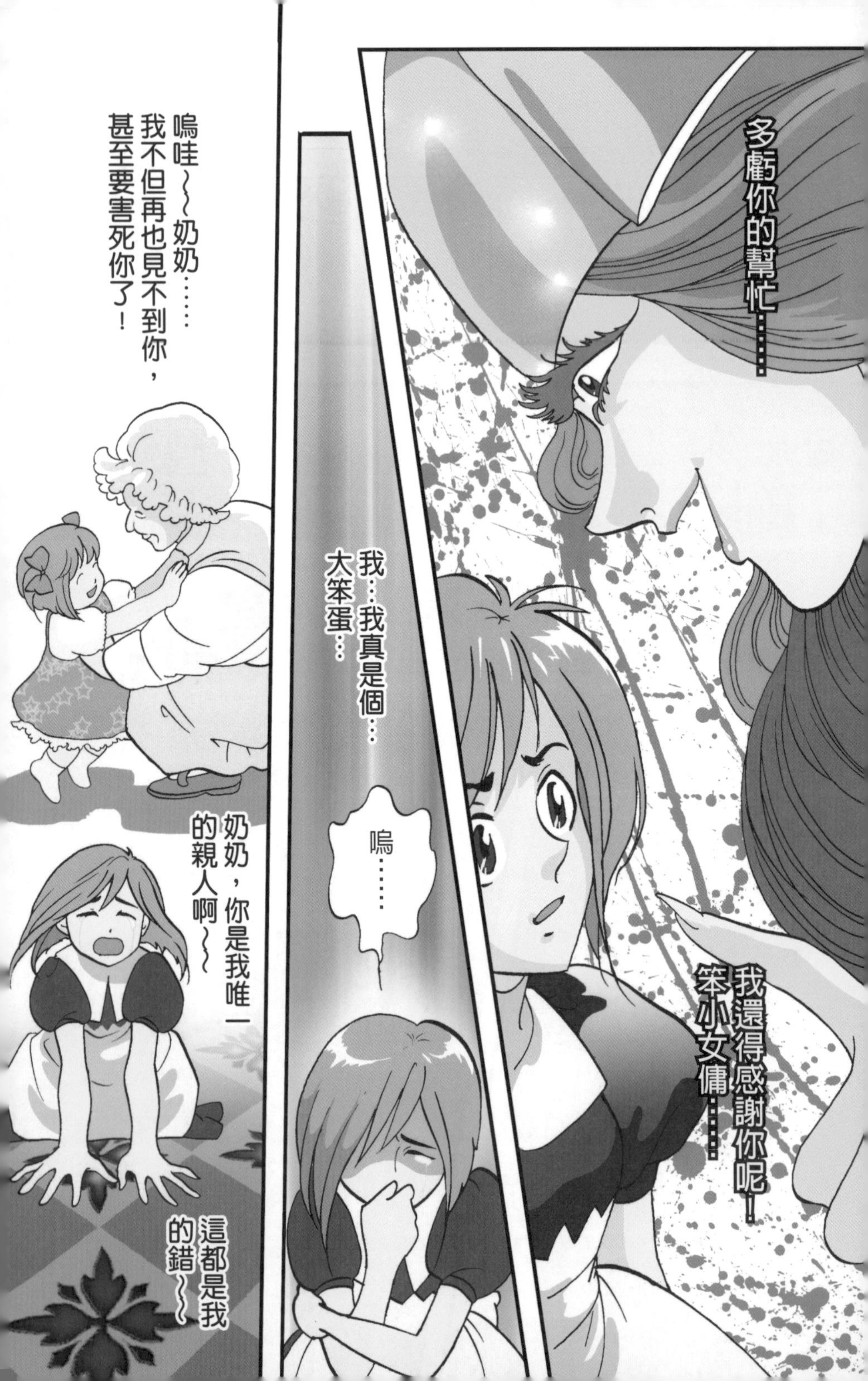

多虧你的幫忙……
我還得感謝你呢！
笨小女傭……
我…我真是個…
大笨蛋…
嗚……
嗚哇～～奶奶……
我不但再也見不到你，
甚至要害死你了！
奶奶，你是我唯一的親人啊～～
這都是我的錯～～

!
這小子……還真不能小看！
少爺!!
想跟我鬥……
哼！

哇
咚！
只要聖杯離開聖檯，要拿到手簡直易如反掌！
想想跟我作對的下場，你看過那些遭受酷刑的鯊之森裡的鯊魚，
這種痛苦，你們也想嘗嘗看嗎？

我也將你們人類的手腳一併剁下，
再為人類造一個收容所吧！
不!!不要呀——
這個海神，還真殘暴……
求你別對少爺下毒手，我願意為你做任何事！
做牛……做馬……

萊茵……
少爺是很重要的繼承人，身分高貴，將來還有大好人生……
我只是一個和奶奶相依為命的可憐孤兒…只要你願意放過我們，我願意為你做任何事…
是嗎……
很有勇氣的女孩……
算了，你們對我來說已經沒有任何威脅…

就讓你們永遠在這美麗的海底，學著當隻魚吧⋯
再見了⋯哈哈哈⋯
嗚〜〜
哇——
奶奶⋯嗚⋯
我好想你⋯
萊茵⋯她這麼善良與無助⋯
如果這個時候我能開口說話，那該有多好⋯⋯

這是那隻臭人魚給的東西……
對了，這個海神殿還有另一道門，
不知道會不會有新的發現……
外觀上看不出到底有什麼作用……
一起走吧……
萊茵……
很抱歉以前曾欺負過你，但現在……
我不會放你孤單一個人的……
！

亞當少爺在關心我？
好溫暖……原來少爺是這麼溫暖的人……
剛才也讓我見到了他勇敢的一面……
少爺!!
亞當少爺不只有著高貴的身分，也有著完美的人格……
只不過——脾氣是差了點……
臭魚怪，休想接近我……
快滾……
哇……這道門的景觀完全不一樣，就像女王寢室一樣夢幻！

這個雕像……
好眼熟呀！
就像是——
媽媽!?

第 4 章

亞當的身世

《海底奇觀》

鮟鱇魚

鮟鱇魚為中型底棲魚類，潛伏於海底，不擅游泳，多靠臂鰭爬行。口內長有銳利的牙齒，能吃下比自己大的魚類。通體裸露無鱗，在頭部上方及體側邊緣均有大小不一的皮質突起。特別之處是有一隻由前背鰭演化而成的發光釣竿，釣竿頂端內有上百萬隻的發光菌，狀似小魚，會發出亮光，吸引獵物前來。

這……這是……
亞當少爺？
媽媽!?
這究竟是怎麼回事！
我的媽媽是人魚？

這張臉、這副慈祥的模樣，根本就是如假包換的媽媽……
為什麼…這十年來我每天都想念著你…直到今天……
我才知道我的母親竟是……
少爺，你仔細聽……
好像有人在叫你……
亞當……
又來了！

亞當……
亞當……
是誰!?
誰在那裡……
我…我是…
聲音好像是從雕像後方傳出來的……
亞當少爺快來看……
這…怎麼可能…

薩爾多公爵……
你怎麼會在這裡!?
爸爸……這……
亞當……聽我說……
我是被那隻人魚拘禁在這裡的……

這座海神殿是當初你母親在神魟魚背上所建造的，為了讓邪惡的阿朵步無法進入，你母親設下了封印，而神魟魚就圍繞著封印而行……
地球上所謂的神祕三角洲，事實上就是阿朵步的傑作……
什麼！那尊夫人真的是一位……
海神!?
是的，沒錯……
陸地上的人殊不知，那些經過神祕三角洲而失蹤的飛機、漁船、軍艦，並不是莫名其妙的失蹤…
而是全落入了阿朵步的手裡……

阿朵步是個心狠手辣、毫無同情心的惡魔，她為了滿足個人私欲與權力，不斷地破壞海裡的生態環境。從一位高尚的海神大將領，成為一個不折不扣的海中大魔王⋯
阿朵步覬覦亞當的母親——阿米達的海神地位，為此發動了無數次戰爭，雖然屢戰屢敗，但善良又仁慈的阿米達卻屢次原諒她，才造就了今日蠻橫的阿朵步。

阿朵步用極端殘忍、無恥的手段，伸出海牙襲擊所有經過的交通工具，
再將人們拖入海中，為的就是替她找到解除封印的人選……
那……後來呢？
只要是聽到前往邪惡海神殿的人，
沒有一個敢冒著生命危險前去。

只有人類才能夠觸摸聖杯，而這些不願前去神殿的人，很快就被阿朵步吸乾精氣來強大自己的力量——人類的軟弱無能，反而讓她更有力量的去濫殺無辜！
你們之所以能活到現在，
完全是因為她已經得到了夢寐以求的——
海神的聖杯！
所以那次迷昏了我們之後，想趁著我們入睡時做同樣的事情！
Ooo

阿朵步本來就很強，現在有了聖杯的加持，這世界上再也沒有人可以阻止她的邪惡行徑了……
所有生物馬上就要面臨危機了…
這一切都是我造成的！請你告訴我，還有阻止的辦法嗎？
事實上…是有的！

只要拔出海神的劍——
阿朵步就會煙消雲散！
這是當年海神將阿朵步的神職封在劍裡，所想出的最後辦法，但是……
世間的事是公平的，拔了劍就像殺了阿朵步一樣，為了公平起見，拔劍的人將犧牲自己，幻化成藻類讓大地得到滋潤、生生不息。

太好了……我願意！
只要能解救所有的人，這一點犧牲不算什麼！
這女孩……
海神的劍……是媽媽的劍……

在我眼中一向邪惡的父親……說出的話到底有幾分真實？
雖說如此……
亞當……你在做什麼……
快下來!!
住手!!
你是我和你母親……最寶貝的孩子啊！
我就你這麼一個兒子，別做傻事啊！
父親……
第一次看見父親哭泣……
啊……
咻——
跳出

那是阿朵步的號角！
糟了……
又見面了——小王子！
你還真是不能掉以輕心呀……
咻咻——
颯——
咻咻——
我真是受夠了——你們人類不是軟弱無能，
就是過於魯莽，實在令人討厭至極……
唔……

求你別對他下毒手……
我已經……
已經如何？你都揹了十年黑鍋了，
還想繼續瞞著你兒子嗎？
你這個壞東西……現在又想殺人了嗎？
我早就知道他是阿米達的兒子了，
畢竟一起生活了十
你已經做了太多壞事，請好好反省吧！

一起生活……十年!?
這是怎麼回事?
哇~~不要過來!
呵呵~~陸上的公爵,正是我本人的化身。
……
為了解除封印——
我老早就把公爵塵封在海底,假扮成是他。
但無論做了多少努力,
還是找不到解除封印的對策……

不過現在有了聖杯，一切都不一樣了！
呵呵呵
混蛋……居然做出這麼卑鄙的事，讓我誤會自己的父親這麼久！
留下你對我可是後患無窮啊！
我實在懶得再廢話……

馬上讓你們變成魚飼料！
下地獄去吧——!!
想消滅我，門都沒有……
不！
住手！

!!
轟
!

咚
磅噹
呼
呼
得……
得救了！
太好了……亞當少爺！

萊茵——
亞當——
別碰她——
我…該怎麼…
感謝你？

第 5 章
萊茵的犧牲

《海底奇觀》

北海大海怪

中世紀挪威神話中的北海海妖，也是代表海之怒的巨大生物。這個海中巨妖有著巨大的觸手，平時潛伏於海底，偶而會浮上水面。文獻記載曾有人目擊過牠，據稱身長約有十五公尺以上，有人推測可能為挪威海域附近的大王烏賊或章魚。傳說中，北海巨妖將於世界末日到來的時候浮出水面。

可惡呀，海邊飄來的垃圾越來越多啦！
都是可惡的薩爾多公爵！
真沒良心……
報告！
魯賓大哥，今天又發現了兩隻擱淺的海豚！
知道啦~~
唉！
這麼多擱淺的海豚……
怎麼辦啊？
嘰——
嘰——
嘰——
嘰——

皮耶──魯賓大哥找──
懶蟲──該起床啦！
我不在……
起床！膽小鬼……
萊茵和亞當都還下落不明呢！
你不能永遠活在陰影當中……還有一堆海豚等待我們去解救呢！
出發了──
？

從海底隱約發光的海面，是什麼……
只要再過一個小時……
萊茵就會完全變成藻類……

到時大地將會有新的面貌，
但是萊茵再也回不來了……
我很佩服這個女孩，她跟你媽媽很像。
你媽媽她，
是被阿朵步害死的——
十六年前，我與你母親相戀、結婚，生下了你……

我們每天都過著幸福、快樂的生活，我貴為一島之主，享盡榮華富貴。但好景不常，你的母親雖然有著強大的力量，卻因懷了人類的孩子，而被削弱了力量……
事情是發生在你五歲那年，
某天夜裡，我被海之惡魔阿朵步給擄走，
然後她再偽裝成我……將你的母親……

推下了城堡……
而我則被囚禁至今，每天思念著你們母子，夜夜不得安眠……
亞當──請你原諒我！

當時我目睹了整個情景——
我最親愛的母親慘死的一刻……
因為過度悲痛……
我成了啞巴！
並且從此恨你一輩子！
但是——

睽違了十年，我總算是見到了自己真正的父親——
比起萊茵，我很幸運……

父親……
我想——
讓我擁抱你一次……
!
為什麼我觸摸不到父親？這……這是怎麼回事？

亞當，你無法觸碰到我……
因為我……已經死了……
只要在海裡待上一段時間，就成了海之幽靈，無法再回到地面上了！
父親…
！
父親……
嗚……
到頭來，我還是失去了你……

別哭……因為分離太痛苦，
所以我寧可你恨我一輩子啊！
只要能讓我守在你母親的神殿裡……
我就心滿意足了！
唔……開始了……
只要這個神殿存在的一天，我就會待在這裡。
守護著母親的神殿…

萊茵!?

淅
呼——

颯！
颯！
噗——

!!
謝謝！
嗚!!
嗚!!

怎麼搞的？
突然覺得沒那麼熱了！冰山也變大了耶！
對呀！
啊……原來是海藻把冰山又接起來了！
太好了！

嘰——
嘰——
嘰——
嘰——
嘰——
嘰——
哇……我又活過來了！
翅也長回來啦！

怎麼搞的？
引擎故障發不動了！
咻！
噗噗——
咦…又好啦！
海藻一來小孩就生出來了！
幸好，剛剛差點難產……

啾啾！

嘰嘰！

因為萊茵，
這個世界再度活躍起來……

第 6 章
美麗的詩歌

《海底奇觀》

燕魟

燕魟科總稱燕魟，屬燕魟目，近似魟科，但胸鰭寬大，又名『蝴蝶鰩』。有的種類達四米寬，尾部短小，有的種類有小背鰭，沒有尾鰭，所以體寬遠大於體長。分布在世界各地海洋中，以小魚和軟體動物為食。

亞當……
聽得見我說話嗎？
嗯？
這是爸爸的聲音……
爸爸……
爸爸——
我能夠……說話了!?

但是——萊茵怎麼辦？

不能這樣放著不管！

這樣——
萊茵太可憐了！
該怎麼辦才好……
亞當……
等等！
她剛剛好像……
有一點變化……
你繼續呼喚她試試看……
她已變成藻類，應該沒有人類的意識……

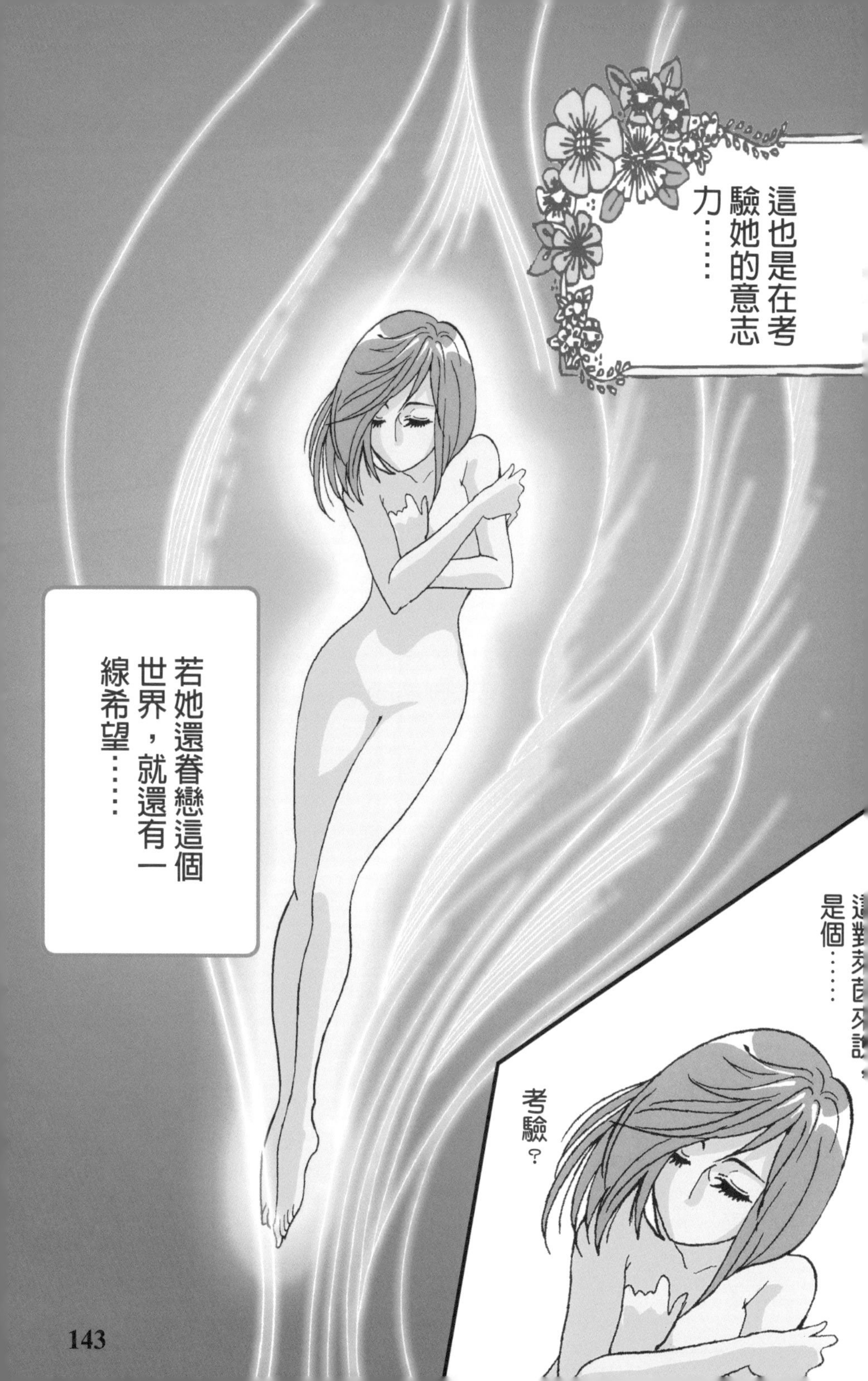
這也是在考驗她的意志力……
若她還眷戀這個世界，就還有一線希望……
是個……
考驗？

萊茵，是我……
我是亞當……
快醒醒……你的奶奶還在家裡等著你……你聽見了嗎？
和你一起的這趟冒險旅程……
讓我明白了生命的可貴……
我很珍惜和你在一起的時光……
求求你，醒過來……
！
亞當，她動了！
快拉她出來！
咻！

亞當，快趁著漲潮回到陸地上去吧！
再待下去，就要跟我一樣變成海之幽靈了！
噢！
小海豚!!
原來你一直跟著我們呀……
噢
爸爸……
不用替我擔心，有空再回來看我就好……保重喔……
爸爸……你是這個世上最好的爸爸……

好美啊……這是什麼？
這是排卵的珊瑚，所以今天晚上一定是滿月。
是魯賓大哥說的……
真的好美呢！
大海就像一首詩歌，
一首如夢似幻的詩歌——

奶奶……我回來了！

從此以後，王子與公主要
開始過著幸福快樂的日子
了嗎？別急，接下來……
還有得努力呢……

尾聲

萊茵（18歲）

自海神殿回來之後，仍繼續在薩爾多家服務，並協助亞當少爺積極的回收由阿朵步所建立的海域工廠、重建家園。沒多久便升級為溫室實驗花園的主管。

亞當（19歲）

從海神殿歷險歸來之後，恢復了健康的聲帶，並繼承父親薩爾多公爵的遺產，成為新任島主。因為意識到環保的重要性，而展開了淨海工程的計畫。若干年後向萊茵求婚。

皮耶（18歲）

十年後，成為一位對維持生態很有研究的漁業大亨。

魯賓大哥（22歲）

大學畢業後繼續攻讀研究所和博士班，專門研究如何改善人類的生活環境，與各類環保議題，是個優秀的環保博士。

地球（46億歲）

四十六億年前的地球，只是一團滾燙的熱水，在經過長時間的演化後，熱水逐漸降溫形成地殼，空氣中的水蒸氣也慢慢的形成了海洋，海洋裡開始誕生生物，也出現了能行光合作用的植物，進而誕生了陸地上的生物。

地球是比其它行星還要適合生物居住的星球，卻因為人類的濫墾、濫伐，和大量排放廢氣的結果，導致臭氧層破裂，一連串暖化、乾旱、暴風雨、冰山融解等災難接踵而至。

捍衛地球的工作，不能再等待下去了，否則地球可是會還擊的喔！

品格漫畫館05

尋找失落的樂園

活潑女孩的大海冒險

作　者：郭莉蓁
負責人：楊玉清
副總編輯：黃正勇
編　輯：趙蓓玲
美術設計：小萬

出　版：文房(香港)出版公司
2018年4月初版一刷
定　價：HK$48
ISBN：978-988-8483-31-0

總代理：蘋果樹圖書公司
地　址：香港九龍油塘草園街4號
華順工業大廈5樓D室
電　話：(852) 3105 0250
傳　真：(852) 3105 0253
電　郵：appletree@wtt-mail.com

發　行：香港聯合書刊物流有限公司
地　址：香港新界大埔汀麗路36號
中華商務印刷大廈3樓
電　話：(852) 2150 2100
傳　真：(852) 2407 3062
電　郵：info@suplogistics.com.hk

版權所有©翻印必究

本著作保留所有權利，欲利用本書部分或全部內容者，須徵求文房（香港）出版公司同意並書面授權。本著作物任何圖片、文字及其他內容均不得擅自重印、仿製或以其他方法加以侵害，一經查獲，必定追究到底，絕不寬貸。